LE RETOUR DE L'AIGLE.

BOUCQUIN, IMPRIMEUR-LIBRAIRE,

RUE DE LA SAINTE-CHAPELLE, 5.

—

1855.

LE RETOUR DE L'AIGLE.

LE RETOUR DE L'AIGLE.

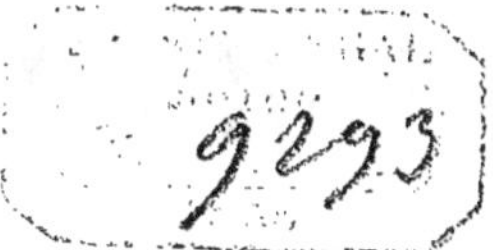

BOUCQUIN, IMPRIMEUR-LIBRAIRE,

RUE DE LA SAINTE-CHAPELLE, 5.

—

1855.

LE RETOUR DE L'AIGLE.

« Notre Aigle Impérial dont l'immense envergure
» Couvrait le monde entier, après un long exil,
» Reparaît triomphant dans nos jours de péril.
» Son vol audacieux électrise et rassure
» Les peuples alarmés par un sombre avenir.
» L'éclair éclate encore en sa serre brûlante,
» Mais ce n'est plus l'éclair d'horreur et d'épouvante,
» C'est un soleil nouveau qui vient tout éclaircir ! »
Ainsi fut proclamé ce règne magnifique,
Avec la paix pour but, pour programme authentique.
Son œuvre s'annonçait par d'éclatants travaux ;
Des embellissements, des monuments nouveaux,

Des places, des cités, des marchés et des rues
Remplaçaient des amas de maisons disparues.
On travaillait aux champs, dans les villes, aux ports ;
L'Industrie et les Arts redoublaient leurs efforts :
Leurs ouvriers, ardents à créer des merveilles,
Consacrant à la lutte et leurs jours et leurs veilles,
Entassaient leurs produits, chefs-d'œuvre de la Paix,
Pour mieux inaugurer son splendide palais.
Quand, tout à coup, un cri d'alerte et de détresse
Retentit. Un géant s'attaque à la faiblesse.
Son génie, héritier d'impérieux desseins,
Méprise les traités et les droits les plus saints ;
Bravant deux nations dont la gloire est complète,
De l'empire des Turcs, il rêve la conquête ;
Mais le Sultan, qu'il croit sans force et sans vigueur,
Se lève et résiste aux coups de l'agresseur.
Ses soldats aguerris, au cœur plein de vaillance,
Sont faibles par le nombre, ils invoquent la France.
Et l'Aigle que le Czar voyait en souriant,
Conduisant nos vaisseaux vole vers l'Orient.
Il se montre d'abord calme et grand dans sa force ;
Il ne menace point, au contraire, il s'efforce
De ramener la paix au milieu des débats ;
Il parle de justice : on ne l'écoute pas.
Alors, présage heureux ! La France et l'Angleterre
Étouffent en un jour leur haine héréditaire ;
Comme deux fiers lutteurs qui, s'étant mesurés,
S'unissent à jamais par des liens sacrés,
Ces deux nations-sœurs désormais n'en font qu'une.
La cause du Sultan est leur cause commune ;

Elles barrent la route au Czar astucieux,
En mettant au grand jour ses plans ambitieux.

Devant cette union, tout le sang de sa race
Bouillonne dans son cœur : il s'irrite, il menace,
Et veut tout voir plier devant sa volonté.
On l'entretient en vain des lois d'humanité,
De tout ce qu'on respecte et que l'honneur consacre,
Sinope est sa réponse : un odieux massacre
Où furent écrasés sous le feu du canon,
Des milliers de martyrs tués par trahison,
Cette infâme action que l'Europe a flétrie,
Ce honteux guet-à-pens, œuvre de barbarie,
Dont s'est glorifié ce sinistre vainqueur,
A produit un éclat de colère et d'horreur.
Les peuples révoltés appellent la vengeance :
Il faut humilier l'autocrate en démence,
Qui de sa lâcheté n'a pas le sentiment,
Et brave avec dédain vengeance et châtiment.
Aux armes, donc! Partez vers ces plages lointaines,
Phalanges de héros, légions africaines!
Sur vos vaisseaux, marins, sonnez le branlebas :
Vous allez préluder aux glorieux combats.
Poursuivez l'ennemi par delà le Bosphore,
Dans cette mer Noire où le crime règne encore.
Mais tout a disparu. Ces vaillants mitrailleurs,
Illustrés à Sinope, ont craint vos coups vengeurs.
Faits pour le guet-à-pens, et non pour les batailles,
Ils se sont retirés à l'abri des murailles

D'où voulait s'élancer l'ambition du Czar.
Mais envain ils ont fui sous l'orgueilleux rempart,
Tes superbes vaisseaux, ô vautour sanguinaire?
Plus haut que tes rochers l'Aigle a bâti son aire.
Il te tient fasciné sous son regard puissant
Et te fera payer bien cher le prix du sang.

Puisque la guerre plaît à son génie atroce,
Cherchons où nous pourrons mieux frapper le colosse.
Il voudrait nous tenir en son pays désert,
Pour nous faire lutter avec son rude hiver,
Et voir sous ses frimas notre armée engourdie
Fuir d'un nouveau Moscou le sauvage incendie;
Ne pas pouvoir combattre et succomber enfin
Aux étreintes du froid, au tourment de la faim.
Non, non, le temps n'est plus des victoires faciles,
Russes, nous connaissons vos manœuvres habiles.
Vos neiges maintenant ne seront rien pour nous;
Nous vous attaquerons sous des climats plus doux.

Ah! vous êtes vaincus aux murs de Silistrie....
Quelle humiliation pour la sainte Russie!
Les Turcs ont terrassé ses hautains grenadiers
Dont on nous exaltait les mérites guerriers.
Ils avaient lâchement souillé leur territoire,
Et les voilà forcés de le quitter sans gloire.
Puisqu'ils ont échoué dans tous leurs attentats,
Le Sultan ne craindra plus rien pour ses États,

Et la guerre à présent va prendre une autre face.
A nous, Occidentaux ! à la première place !
Au bruit de nos clairons l'envahisseur a fui,
Mais il ne pourra pas nous échapper chez lui.

Devant Constantinople, au bas de la Crimée,
Une ville s'élève, enfermant une armée :
Formidable réduit, menaçant boulevart,
Abri fortifié par la nature et l'art.
Là, depuis soixante ans, on couve, on étudie
Un projet monstrueux de noire perfidie,
Un plan mystérieux tracé par les démons.
C'est là qu'on a coulé des milliers de canons,
Entassé des boulets, des armes, de la poudre,
Des machines d'enfer plus promptes que la foudre.
C'est là, dans les secrets de ce sombre arsenal,
Que le Nord carressa son rêve colossal ;
C'est là qu'est le danger pour notre indépendance ;
C'est là qu'il faut frapper pour briser sa puissance.

Guidez-vous donc, Soldats, sur l'Aigle dans son vol :
Votre gloire immortelle est à Sébastopol.

Embarquez-vous au son des joyeuses fanfares,
Et vous illustrerez les campagnes tartares
De hauts faits inconnus à notre orgueil humain,
Dont l'histoire emplira son éternel airain.

Soldats d'un siècle libre et des nations vives,
Dieu conduit vos vaisseaux vers ces superbes rives.
Débarquez et marchez sans crainte et sans lenteur ;
L'ennemi vous attend, posté sur la hauteur
Qui domine l'Alma. Sa force est redoutable
Et sa position paraît inexpugnable ;
Il veut vous écraser sous ses masses de fer,
Et puis, comme il l'a dit, vous jeter à la mer.
Rabattez leur orgueil à ces Soldats-esclaves ;
En avant, vrais lions, fantastiques zouaves !
Gravissez ces rochers à la voix de Bosquet ;
La chèvre seule peut atteindre à leur sommet :
Grimpez comme la chèvre et bondissez en masse
Sur le Russe effrayé de votre insigne audace.
Et vous tous, en avant ! lancez vos bataillons ;
Débusquez l'ennemi derrière ces buissons
D'où le plomb meurtrier s'échappe et vous ravage.
Vous, Anglais, avancez avec ce froid courage
Qui, lent et mesuré, ne recule jamais ;
Mêlez le sang breton à notre sang français ;
Sauvons la liberté commise à notre garde :
Côte à côte, en avant, le monde nous regarde !
L'Alma devient alors comme un ruisseau sanglant ;
La mitraille renonce à vaincre notre élan ;
Et partout l'ennemi plie et bat en retraite,
Quatre heures ont suffi pour créer sa défaite.

Vieux Soldats d'Austerlitz et de la Moskowa,
Vos fils sont vos égaux sur les champs de l'Alma :

Les boulets ont rasé leurs fronts couverts de gloire ,
Et la même valeur leur donna la victoire !
Comme vous ils ont su porter leurs premiers coups ,
A leur premier combat ils sont grands comme vous !

Oui, ce sont bien les fils des héros de la France ,
Ces vainqueurs de l'Alma ! mais leur œuvre commence.
A peine ont-ils chanté leur gloire en ce grand jour,
Qu'ils reprennent leur course et, par un long détour,
Ils vont poser leur camp devant la forteresse
Où les Russes battus abritent leur prouesse.

La lutte change ici d'aspect et de grandeur.
C'est peu pour nos Soldats de prouver leur valeur ;
Il ne leur suffit pas, au fort de la bataille,
D'entendre sans frémir résonner la mitraille :
Ils auront à passer par de cruels moments
Dans un combat affreux avec les éléments.
Oui, partout on connaît leur fougue irrésistible,
Leur entrain au milieu du feu le plus terrible,
Mais on dit que bientôt leur esprit abattu
Les trahit, par défaut de solide vertu.
Non pas, admirez-les ! le fléau les décime ,
Et, comme leur valeur, leur constance est sublime !
Voyez-les, renversant les murs, les bastions,
Calmes dans la souffrance et les privations :

Mais pour ses fiers enfants la France est bonne mère !
Elle n'épargne rien pour calmer leur misère :

Des deux mains elle donne et fait un sort meilleur
A qui verse son sang pour garder son honneur.
On compte des Soldats dans toutes les familles,
Et, pour eux, vous voyez dames et jeunes filles
Effiler la charpie en songeant aux blessés.
A payer leur tribut tous se sont empressés;
Et, chacun agité d'émotions intimes,
Riche on donne de l'or et pauvre des centimes.
Les coffres sont remplis, pour les jours incléments,
De tabac, de liqueurs et d'épais vêtements.
Et, nos Soldats feront mentir la prophétie
Qui les montrait vaincus et frappés d'inertie,
Tombant sous les frimas de ces noirs horizons.
Le général Hiver avec ses aquilons,
Ses ouragans glacés, et ses torrents de neige,
Les verra toujours forts dans ce fameux siége,
Et, gagnant du terrain sans reculer d'un pas,
Victorieux après onze mois de combats.

Pendant cette campagne aux luttes incessantes,
Que de faits glorieux, que d'actions brillantes !
D'abord, c'est Saint-Arnaud, le vainqueur de l'Alma,
Qui voyant près de lui la mort, se ranima ;
Et pour livrer bataille à son heure dernière,
Fit reculer la mort ; et finit sa carrière
Entouré de respects, d'honneurs et de lauriers,
Au bruit retentissant des triomphes guerriers.
C'est Lourmel qui s'élance avec sa noble audace
Devant la brèche, et meurt comme un héros du Tasse.

C'est Canrobert dont l'acte est un événement
Digne des temps anciens. Sous son commandement,
Il a tout un hiver, conservé notre armée ;
Ses Soldats, ses enfants, qui creusent la tranchée,
L'admirent chaque jour, s'exposant au danger,
Pour presser leurs travaux, pour les encourager.
Mais quand il a rempli sa tâche difficile,
On lui parle d'un chef plus hardi, plus habile ;
Sans orgueil il s'incline et pour être plus grand,
Lui chef suprême, il va combattre au second rang.
C'est Camas traversant une masse ennemie
Pour son drapeau qu'il sauve en lui donnant sa vie.
Et tous ces noms nouveaux, jusqu'à nous parvenus,
Resplendissant auprès des noms déjà connus.
Bosquet de qui la gloire est chaque jour plus grande ;
Mayran, Bizot, Brunet, Brancion, Lavarande,
Qui sur ce sol conquis ont trouvé leur tombeau.
Tant d'autres dont le rôle est si noble et si beau !
Nos médecins toujours à leur tâche imposante ;
Nos sœurs, nos aumôniers dont la voix consolante
Verse, au milieu des camps sillonnés par le feu,
Dans l'âme des mourants, la clémence de Dieu.

Niel développant sa science infinie
Dans les lignes qu'il trace aux sapeurs du génie ;
Ces hardis travailleurs, ces Soldats ouvriers,
Impassibles et lents sous les feux meurtriers
De la ville ennemie, entr'ouvrant cette terre
Où leur sape n'atteint que le roc ou la pierre.

Hamelin et Bruat, suivis de leurs marins
Éprouvés sur la mer et sur tous les terrains;
Matelots et soldats, leurs oreilles sont faites
Aux foudres du canon comme au vent des tempêtes.
Ces deux princes du sang mêlés à l'action
En vrais soldats, Cambridge avec Napoléon,
Jaloux d'avoir leur part de gloire et de souffrance
Sous les drapeaux unis d'Angleterre et de France.
Après eux retentit le nom de Pélissier.
Devant Sébastopol arrivé le dernier,
Il se pose en héros, favori de la guerre :
Son entrée en campagne est un coup de tonnerre.

Nos vaillants alliés ont chacun leurs hauts faits,
Leurs combats, où par eux les Russes sont défaits.
Comme à Balaclava, les troupes britanniques
Dans les champs d'Inkermann se montrent héroïques;
Les Turcs ont triomphé devant Eupatoria;
Les soldats piémontais ont sur la Tchernaïa
Reconquis leur vieux nom, et ce fait qu'on publie
A semé quelque espoir au cœur de l'Italie.
Tous auront de grands noms à citer : Iskender,
Lamormora, Raglan, Simpson, Dundas, Omer,
Montevecchio tombant dans sa vieillesse ardente
En chargeant l'ennemi que son choc épouvante.

Enfin cette œuvre arrive à son couronnement.
Ce drame merveilleux aura pour dénoûment
Un des coups familiers aux enfants de la France.
Les Russes, qu'illustra leur longue résistance,

Rassemblent leurs efforts derrière Malakoff ;
C'est leur dernier espoir ; et déjà, Gortschakoff
Fait déblayer le pont bâti pour leur déroute.
Nos soldats sont au pied de l'horrible redoute ;
L'assaut semble impossible au cœur le plus hardi ;
Mais rien ne les effraie, et c'est en plein midi
Qu'ils iront se jeter dans l'ardente fournaise
Avec l'emportement de la fougue française.
Ils n'aiment pas la nuit ni les épais brouillards ;
C'est par un grand soleil qu'ils brisent les remparts :
Il leur faut des rayons éclatants de lumière,
Pour éclairer les jeux de leur fête guerrière.
Midi sonne, ils sont prêts..... ils s'animent entre eux,
S'accrochent à ces rocs environnés de feux ;
S'aidant des pieds, des mains, franchissant les obstacles ;
Eux-mêmes sont surpris d'accomplir ces miracles,
Quand notre drapeau flotte au sommet de la tour.
Un combat acharné s'engage tout le jour ;
Mais lorsque la nuit vient, toute lutte est stérile,
Et les Russes vaincus abandonnent la ville,
Ne laissant derrière eux qu'un spectacle d'horreur,
Dominé par les cris de *Vive l'Empereur !*

Sébastopol est pris ! En tous lieux, comme en France,
Ces trois mots font l'effet d'un cri de délivrance.
Aux yeux des nations s'ouvre le voile épais
Répandu sur le front souriant de la Paix.
Car les peuples ont vu briser la politique
Qui voulait les livrer au joug autocratique.

Vive à jamais la France, et vive l'Empereur !
A vous, braves soldats, à vous les croix d'honneur.
Vous serez célébrés dans nos réjouissances,
A l'heure consacrée aux nobles récompenses,
Avec ces travailleurs venus de toutes parts
Et qui portent si haut l'Industrie et les Arts.
Vous avez protégé leurs œuvres, leurs merveilles ;
Vos succès sont égaux, vos gloires sont pareilles
Sur la même colonne on gravera vos noms
Et les mêmes lauriers couronneront vos fronts.
Paris, la capitale immense et transformée,
Paris, propagateur de toute renommée,
Retentissante voix qui parle à l'univers,
Réunit dans son sein tous les peuples divers.
Le monde entier assiste aux fêtes solennelles
Que l'Aigle impérial abrite sous ses aîles ;
Artistes et soldats, tenez-vous par la main,
L'Aigle va proclamer son vote souverain.
Il a, pour les combats, la foudre dans sa serre,
Mais, paisible aujourd'hui, son flambeau vous éclaire ;
Dans la guerre et la paix, il est victorieux,
Et depuis son retour, il plane dans les cieux !

Paris, 15 *Novembre* 1855.

Paris. — BOUCQUIN, Imprimeur, rue de la Sainte-Chapelle, 5.

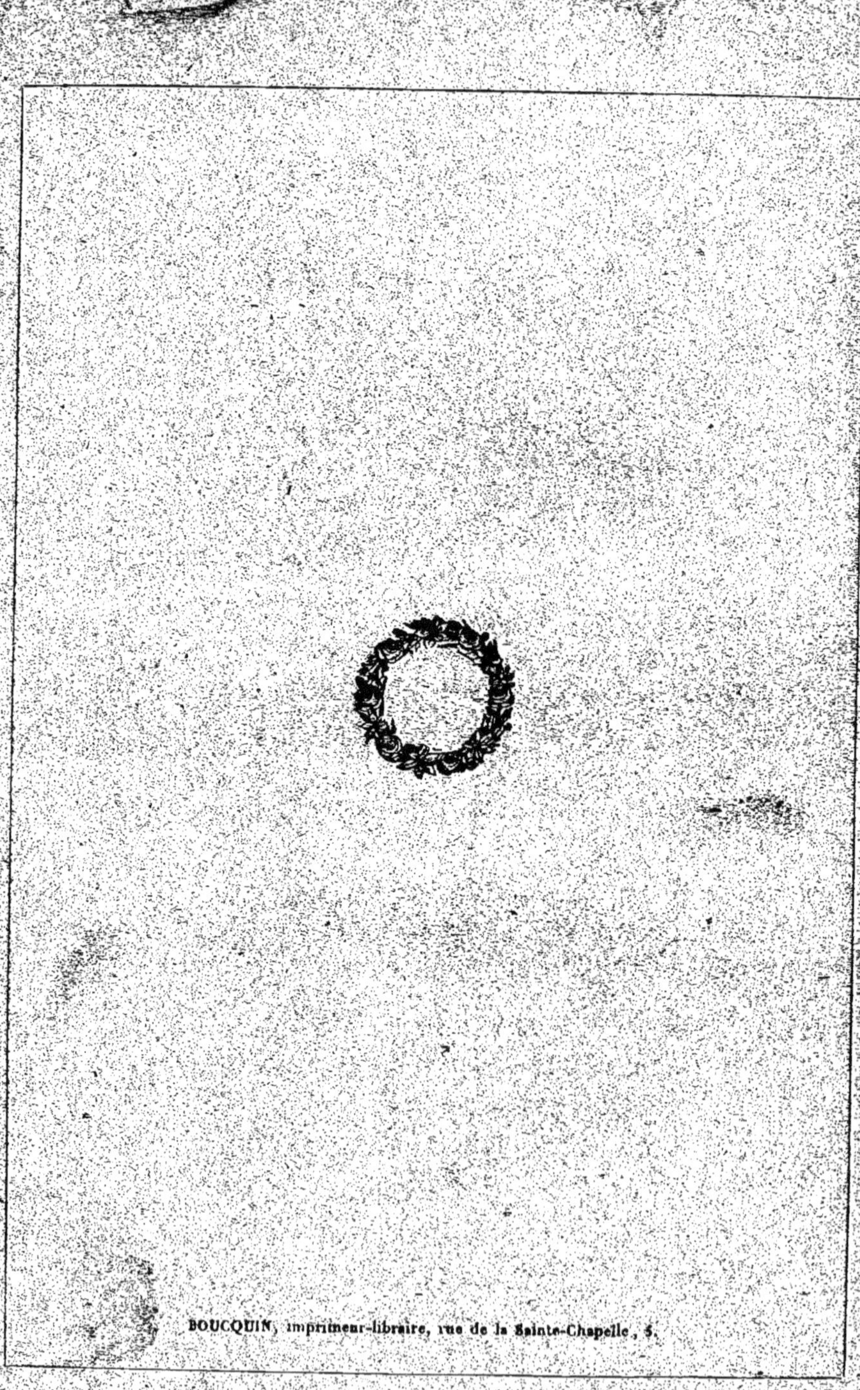

BOUCQUIN, imprimeur-libraire, rue de la Sainte-Chapelle, 5.